FINEM EXSPECTEMUS

TACAHASII MUTUONIS

待たな終末　目次

待たな終末

歌さやぎ立つ

死が今日は眼の前に見える。空の晴れあがるように。
——エジプト中王朝「生活に疲れた者の魂との對話」屋形禎亮譯

言《こと》といふ混沌銀河頻《し》き潛《かづ》き鳥・星の道あやめも分かぬ

鳥・星の道をも知らず歌つくるわざにかかはる遂げがたきかも

さるひとに

をみななる性を強ひらえをみなたることを疑ふ君直ければ

夜半覺めて音立て奔るおのが血を怖る殺せ殺せと迫《せ》く血

血こそは憎しみの溫床《とこ》　父母を易く殺すは血を享けしゆゑ

憎き父　可哀さうなる母を刺し映畫を見たる十五歳《じふご》の迷路

「とりかへしつかないことをしました」と泣く幼さは父母《ぶも》殺《あや》めこし

「なにゆゑに父母を殺めし？」「父母ゆゑに」然答《しかこた》ふよりほか無かるべし

親と子はつひに異魂《ことだま》　異魂の默し共棲む家怖ろしき

男女《をとこをむな》その交《あざ》はりの快《くわい》のうちに拉《さら》ひきたれる異魂ぞ子は

無防備は豈《あに》子等のみか親等こそ赤はだかにて吾子に殺さゆ

血ぞ重き血ぞおぞましき親の血を流すはおのが血を解き放つ

親を忌み家を去りたる果てにして貸し車驅り群集《くんじゅ》轢き潰す

顔のある親を憎しみ顔のなき群集殺さむ經緯《ゆくたて》晦き

血逸振《ちはやぶ》る神話時代の血しぶきの降る記事ひらく朝あしたに

宮廷劇下化《げくわ》しつくすや親は子を殺め子は親弑《ころ》す日にけに

おまへはおまへの母を撃つのかと叫びくづほれしエレナ・チャウセスク

親と子と相怖れつつ棲む家のひしめくが中ひとり棲み古る

「夕星《ゆふづつ》は母の手に子を連れかへす」サッポオうたふその母いづこ

小さけど乳汁《ちしる》豊かに育てしと瘦乳《やせち》誇りしははそばの母

黄泉《よも》つ夜半いかにかあらむ夜をこめてわが母われを忘れますらし

生きの日の母　子のわれを片時も忘れたまはずいまは忘れませ

産みし子等胞衣《えな》ごと啖《く》らひ啖ひつくし朝草を食む母の兎《うさぎ》は

子等啖らひつくしし齒もて草食める牝兎見ればいのちはしづか

京都岡崎

ぬばたまの阿鼻叫喚を尋ぬれば禽獸夜半を檻ごもるこゑ

親が子を子が親殺す日日到り天朝夕《あさよひ》の血いろ 荘厳《しやうごん》

殺せ殺せ殺して天地盡せとぞ高告《たかの》らすらし目口なき神

チグリス血ユウフラテスタとどろかし人曙《ひとあけぼの》の地血《つち》に暮るる

億年の大黄昏《おほたそがれ》に入るべくぞ天地《あめつち》覆ひ混む血母衣雲《ちぼろぐも》

全世界大動亂の時に逢ひさきはひとしも歌さやぎ立つ

*

時ぞ來迎ふ

老いぼれというのはけちなもの……
棒切れに引っかけたぼろ上衣《うわぎ》そっくり……
――イエイツ「ビザンチウムへの船出」　高松雄一譯

キリスト紀元二〇一一年十二月十五日われ七十《しちじふ》四《し》となる

異《こと》くにの異をしへなる神の子の生《あ》れに始まるわれの生年《せいねん》

神の子の生《あ》れにありとふ四年《よとせ》なる誤差けだしくはわが生れの誤差

十二月十五日とは如何なる日？‥ネロ生まれ俊太郎生まれわれ生まれたる

生まれ日を同じうしたるネロ享年三十一 われ七十《しちじふ》四《し》齢《れい》

W・B・イエイツ享年七十三《しちじふさん》われ一つ踰ゆ今し終らば

イエイツ老いて二十七《にじふしち》若き妻娶り回春手術受けし壮絶

老イエイツ言葉の海に漕ぎ出だし指《さ》せり眩しき遠《をち》ビザンチウム

老詩人ビザンチウムを目指ししは老い相應《ふさ》はしく敬《ゐやま》はるべく

古へのビザンチウムに老いの智慧たふとまれしと何の書か述ぶ

ビザンチウム　コンスタンチノポリスならずましてイスタンブルならず遙《はろ》けき

あらたまの年の始めの二日眞夜《まよ》起きゐて知らず賜はりし風邪

賜はりし豈《あに》風邪のみか風邪の床に見いだしにける老身おのれ

老年は老いを覺らず覺りしはすでに晩年に入りし徵《しるし》か

老年と晩年境ある如し晩年さらに長くしありとも

わが晩年いかにかあらむ知に遠く悟りに遠く肉に溺れて

腿長にジインズ穿つししむらの内ゆ満ちつつ眠るわかもの

自らの陰しどころを覆ふかに大き掌《て》ぞある眠るわかもの

わかものの眠り深くに育ちゐる老いこそ死こそ立つれ蟲《まじ》の香

老いと死は個を超え類にぬばたまのクロマニヨン　ネアンデルタル滅ぶ

氷河期を生き残らむとさまざまの人類競《きほ》ひ残りしわれら

ぬばたまのネアンデルタル滅びしは知より力の勝りしがゆゑ
力より知の勝るホモ・サピエンス滅びなむとすその知のゆゑに

力には勝つも肉には勝てざればその知脆しもホモ・サピエンス

知によらず肉に惹かるる情《じやう》により滅ぶべしヒトすくなくもわれは

終末の時ぞ來迎ふ外《と》ゆならずヒトひとりひとりの內なる闇ゆ
默示錄その騎士四人《よたり》わが裡《うち》の四方《よも》にこそ吹け滅びの喇叭

老いの歌たのしめといふ人類の老い否終り迫れる時に

極小の神分裂し増殖しわれら逃げまどふ七十億《しちじふおく》のわれら

七十億滅びこの星滅びなばそを記憶せむぬばたまの闇

われには言葉

勞苦にくもり　生活に倦《う》んだひとびとは
まるで氣づきもしないのだ　どんなに幼な兒が堪《た》えているか――
――R・M・リルケ「子供」富士川英郎譯

老いづきておどろく一つ幼年期老年いまに近くあること

壯年期・青少年期遠離り幼年期むしろ近かる不思議
幼年はいまだも持たず老年はなべて失ふそこ相似るか

幼年に還り辿らば少年期・青年期また見えくるごとし

近かるべき壮年見えず青年われひた老年に到りしごとし

父母にわれ初をのこ姉らにはめぐし弟家とよもしぬ

幸《さきは》ひの家儚《はかな》しなわれ生《あ》れて百五日《ひゃくいつか》父逝けり俄かに

初をのこしばし抱けど身くるしみ押し遣《や》りしとふ死の床の父

死に近き父に拒まれ床の外《と》に遣られ始まるわが幼年期

健《すこや》かの父病みい逝き長《をさ》の姉つづき春日を重ね喪の家

次の姉叔母に奪はれ遺るわれ祖父母に託《あづ》け家出でぬ母は

わが幼年いかにか在りし父拒み母去り祖父母また哺《はご》くまず

幼な子のわれに家なく知れる家知らざる家をさすらひの日日

大人らに拒まれし子の日は永し蟲・草・木らと默語《もだ》りして

蟲・草・木なかに臥《ころば》ひ覺えたる言の葉や先づ默の言の葉

沈黙《しじま》より言葉生まるる草や木の影より光現《あ》るるさながら

言葉こそ孤獨《ひとりゐ》の伴侶《とも》日ねもすを睦みたはれぬ倦くるを知らず

幼な子に世界は言葉　言葉なる世界のめぐり動くもろもろ

言葉なる世界と世界なる言葉その闘《せめ》ぎにし訪ひこしか詩は

詩を書く少年　青年となり壯年となり損ね氣が付けば老年

幼年期いた尊みしR・M・リルケに老年なかりしあはれ

思ひ見よドンファン・リルケ女らに疎まれ忌まれ老い朽つるさま

S・ゲオルゲ冷たかりしは火遊びの匂ひリルケに嗅ぎたるゆゑか

ゲオルゲにマクシミリアン彼夭《わか》く逝きにけるこそ幸《さきは》ひとせめ

ゲオルゲ老いマクシミリアン亦老いて愛老ゆるさまそも見たかりし

ゲオルゲにマクシミリアン　コクトオにラディゲ　われに……われには言葉

人は老い言葉老いずか言葉また老い死すたとへばラテン語を見よ

老い死にしラテン語にしてハドリアヌス一生《ひとよ》儚《はかな》むその響き切《せち》

遠き日か近き日かいづれわれ逝きてわが言葉切に響くか知らず

いつかヒト滅び世界も滅ぶればわが言葉いまを輝き滅べ

眞夜眠らざれ

なんぢら斯く一時《ひととき》も我と共に目を覺し居ること能はぬか。
誘惑《まどはし》に陥《おちい》らぬやう、目を覺しかつ祈れ。實《げ》に心は熱《ねつ》すれども肉體《にくたい》よわきなり。
——『マタイ傳』二十六章四十一節

父母《ぶも》の恩・師友の愛はさまらばれかの書《ふみ》の愛この本の恩

開きたる繪本はつばさ羽搏ちつつ飛び去んぬみんなみんな夕映え

繪本のなか夕燒に濡れ失ひしドングリ捜すカケスわたくし

移りこし疊の上に誰が置きし兒童讀物「せかいのふしぎ」

思ひきや「せかいのふしぎ」に誘《いざな》はれ不思議に迷ふ一生《ひとよ》ならむと

不可思議の中の不可思議「詩」に出會ひ片戀に生《よ》を誤りしこと

「詩」はいつも不意の待ち伏せ中學一年わがぶつかりしアルクマン斷片

「眠るは山の嶺／かひの峽間《はざま》」讀みしよりわれ安眠《やすい》を知らず

「われのみは／ひとりし眠る」サッポオ言へ「眠る」を知れる「われ」眠りきや

「行く人よ／ラケダイモンの國びとに／ゆき傳へてよ」眠らざる者は死者か詩人か

熟睡と不眠の岐《わか》れ寝《いめ》の辻いくたび父を殺し殺しぬ

父を殺すは母を奸《をか》せば血しぶきを潜り生《あ》れ生る夜ごとにわれは

オイディプス自ら目刺し盲《し》ひたるは眠るため　いな闇見むがため

この國のオイディプス誰　すさのをか　やまとたけるか　光源氏か

あかねさす紫式部頭蓋より産みぬぬばたまの闇の黑太子《くろみこ》

源《みなもとの》　光《ひかる》　まことは闇にして母をころしぬ父をころしぬ

たらちねの紫式部罪の子を産み隠しけり雲の幾胞衣《えな》

あなかしこやまとをぐなと嘆きてし折口信夫《をりくちしのぶ》　あなたは誰か

折口に受けしもの何「詩歌とは何も言はざる佳し」といふ訓へ

來るべき藝術家小説《クンストラー・ノベル》　作者われ主人公かれを愛し憎まむ

作者われ・主人公かれの祖型こそ火焼老《ひたきのおきな》・倭建命《やまとたけるか》か

窮極の主人公イエス窮極の藝術家小説『新約聖書』

眠らざる師と爆睡の弟子どちと抱《むだ》きオリヴの山闇厚き

銀《しろがね》の二十枚にて師を鬻《ひさ》ぎ買ひ得たり永遠《とは》の不眠の地獄

人の子と子なる神とのクレヴァスに立つ虹を信と不信と呼ばな

眠るため夜ある？眠らざらむため燈《ひ》・燈のもとに開く本ある？

眞夜中のわが本棚に眠らざる幾册があり背文字覺めゐる

眞夜覺めし背文字のうちのとりわきて息づける抜き夜を眠らざれ

わが生《な》しし詩《うた》にして眞夜讀む人を眠らざらしむる一行ありや

眞夜を讀む人眠らせぬ一語だにわが詩にあらば眠らむを永遠に

或は旅びと

我は我の何者たるかを知らぬ、
我は我の知る者ではない。
——アンゲルス・シレジウス「智天使の巡禮者」中村眞一郎譯

七十五《ななそまりいつ》といふ名の峠《たむけ》あり其處立ち越えむわれや何者

七十五の峠に人間はばわれ名告《なの》らむか「或《ある》は旅びと」

顧みる五十《いそ》峠はた三十《みそ》峠應へ手を振るわれやわれなる

「汝《なれ》若き日に何をか爲せし？」「何ごとも爲さず虚旅《むなたび》重ねこしのみ」

稚《をさな》き日詩《うた》書き習ひ詩ごころいざなふまにま足惑ひこし

海越えむ旅にあくがれふるさとの迫戸《せと》渡らひぬ旅十五分

ドオヴァアを渡るマラルメ俤に關門海峡渡りき屢《しば》も

ヴェルレエヌ　ラムボオ　互《かた》み攜《たづさ》へしドオヴァアも瀬戸　關門も瀬戸

つね晴れし下關《しものせき》にししまらくを過ぐし戻りぬ曇りし門司へ

かりそめの異郷ゆ戻り潜《くぐ》る戶はすでにわが屋《や》にして假の屋戶

海峽を渡り戻らず棲みつきし東京もまた旅の中途《なかど》ぞ

海遠く渡りし旅のはつ旅は西風のむた地中海《メヂタレネオ》邊《へ》

ギリシアにてわれ見しや何　天つ日の照りつけ埃立つ白き道

HODOS《ホドス》とは道にして旅　旅びとは埃に塗《まみ》れ立つ異《こと》つ影

道は先かならず岐《わか》れ岐路《わかれぢ》に會はむかならず敵《あた》はたや友

父母《ぶも》離《さか》る旅の途《みち》にしオイディプス父を殺しき母と奸《たは》けき

己が罪識り己が目を抉《ゑぐ》りてし者はさすらへ道も限りに

海路《うなぢ》またさすらへの道もののふのアガメムノンの　オデュッセウスの

海の上《へ》も潮沫《しほなわ》の道わが船の航《ゆ》く先導す海豚《いるか》らが伴《とも》

海《うみ》・空《そら》を海豚・鷗《かまめ》に導かれわが船は著く威《いつ》のデロスに

デルポイは陸《くが》のデロスぞ四方《よも》の氓《たみ》幾《いく》峠《たむけ》越え蟻詣《まう》で如《な》す

諸《もろ》峠その一つ峯《を》にわが七十五《ななそまりいつ》峠愼しまめこそ

七十五の峠に見放《さ》くれば百歳《ももとせ》峠はろけくもあらず

百歳の峠遠くもなしといへど到り著けむか知らず岨《そばだ》つ

逗子《つし》の江のほとりに居著き二十八《はたちまりや》とせを經たり此《こ》も假宿り

朝朝の渚歩《あり》きもくさまくら旅の一環《ひとつら》ゆめ勿《な》怠り

「何すれぞ歩き歩きし？」「ひたすらに歩き歩きて道行かむため」

旅のむたうたひ捨てこし詩《うた》くさのさもあらばあれ旅は續けり

旅びとのわが行く星の地球《テッラ》また旅を行く星闇より闇へ

旅を行く星を産み呑みぬばたまの闇の洞《ほら》こそ旅行け永遠《とは》に

宙ただよへり

人殺《あや》めねば食《じき》を得ず
寺廻《めぐ》らねば罪消えず
人殺めつつ寺廻る

——チベット民謡　譯者不詳

義務教育必修課目に圖畫・唱歌加へしぞ誰が計りごとなる

ゑそらごと圖畫たはれごと唱歌もて生《よ》を過《あやま》てと密か教へし

「人殺めねば食を得ず寺廻らねば罪消えず」こも一唱歌

「人殺めつつ寺廻る」さながらに旅重ねこしわれならずやも

國ぐにに寺でらあまた寺でらに繪ぞまたあまた齋《いっ》きまつれと

美術館こそ末つ世の寺そこに巨匠《マエストロ》なる諸聖人の座
聖人に二通りあり生《き》のままと罪くぐり火焙りの匂ひ立つると

生のままの聖ラファエルロ　火焙りの聖カラヴァッジョ　譬へて言はば

罪びとわれ時にラファエルロの清き欲り時にカラヴァッジョの激しき欲りす

ラファエルロ性愛のはてカラヴァッジョ悪業のすゑ共に夭折

美しかりしレオナルド老い美しきラファエルロを懇《ねもこ》ろにせしと傳ふる

レオナルドゐがきし性交解剖圖その生涯は彈かれ在りし

おそらくは信じざりけむ聖家族ゐがかれしその聖らかさはや

レオナルド　ミケルアンジェロの確執もはろか美術史の賑ひとして

レオナルド　ミケルアンジェロ共に異端とし火焙りにせし異傳見が欲し

ヴァザアリの巨匠列傳たれもたれも愛し憎しみ怒り哭《ね》泣きし

ポントルモ梯子外しし階上に描《か》きし聖徒ら宙《そら》ただよへり

ポントルモ好む卵のうをもまた宙ただよふか日記脱け出で

取税人《みつぎとり》その息子なる希臘人《エル・グレコ》ドメニコス・テオトコプロス聖畫《イコン》學びき

エル・グレコ若くゑがきぬ聖母子をゑがく使徒聖ルカが情景

聖ルカに始まるとなす聖畫家の系譜しばしば瀆神者出だす

エル・グレコゑがく人物ことごとく引き伸ばされて蹠《あうら》泛べる

貌蕩《とろ》け體また溶けただよふやアンフォルメルはエル・グレコより

アンフォルメリスト　サム・フランシス性愛の隨《まにま》ただよひ行方知らずも

若死にの生《よ》に名作の數の謎　繪のラファエルロ　曲のモオツァルト

のちの世に自動筆記と言ふべくはモオツァルトが作曲の数

モオツァルト驅り書かせしは貌のなき神かけだしは渇愛の魔か

渇愛の魔にか強ひられひた書きし三十餘年羨《とも》しくもあらず

渇愛の魔をば逃れて明日生きむたどきも知らにさすらはむもの

ゴヤゐがくサン・イシドロへの巡禮の群集《くんじゅ》にわれを見たり現《うつつ》に

フロオラをわれは

ユグドラシルという名の梣《とねりこ》の大樹が立っているのを、わたしは知っている。
その高い樹は白い霧に濡れている。谷におりる露はそこから來るのだ。

——エッダ「巫女の豫言」谷口幸男譯

生命界フロオラとファウナより成ると若く讀みにきその書やいづこ

フロオラやファウナやいづれ慕はしき蔭細《こま》やけきフロオラをわれは

フロオラやファウナやいづれ怖ろしき地下の闇知るフロオラをまして

フロオラとフロオラと相闘へる毛根世界想へば暗き

春の山秋の山いづれ美《は》しきやと競《きほ》はしめしもフロオラのうち

神話の樹ユグドラシルは天・地・地下世界つらぬき立ついのちの樹

黄泉の王《きみ》・女王《めぎみ》偶《たぐ》ひて治めます髭根喰ひあふフロオラ世界

降ろされて甦りたる人の子を十字架の木の果實《このみ》といはな

十字架の根やいづちより土深く眠るアダムがされかうべより

宇宙樹は我がにも在りて河内《かはち》より淡道《あはぢ》に届く夕日その影

その樹伐り船に造れば甚捷《いとはや》く走りしといふその名を加良怒《からの》

その船の毀《こぼ》れしを焼き其《し》が餘り琴に作りぬ響《な》りぬ七里《ななさと》

船に化《な》り琴に變はりし世界樹の歌を傳へて美《は》し仁徳記

時無《ときじく》のかぐの木實《このみ》と傳ふるも生命の樹のヴァリエテの一

やうやくに得しかぐの實を御陵《みささぎ》に獻げ涙を盡し果てにき

珍らかの木實《このみ》覓《もと》むとつひやせし一生《ひとよ》つくづく羨《とも》しきものを

雨を除《よ》き行人《たびびと》樹根《ねかた》に聚《あつま》ると茶山七絶《ちゃざんしちぜつ》大樹を讃ふ

その下《もと》に楚語《そご》齊語《せいご》笑ふ喧喧《けんけん》と大樹の惠みほほゑましかも

草木《さうもく》の微細を寫しフロオラ黨丸山四條派倦むこと知らず

またゐがく鳥獣蟲魚ファウナらと呼ばむよりむしろフロオラが伴《とも》

遠富士は白かかやきて裾野なす青木ヶ原の緑闇《りよくあん》見えず

うち繁り青木ヶ原はフロオラの緑迷宮《りよくめいきゆう》ぞ行方も知らに

生《よ》に道をうしなひし時立ち迷ひ人は木原《こはら》の闇に吸はるる

奥知らぬ諸《もろ》木《き》根《ね》抱《むだ》き締め砕き喰むされかうべ數へもあへず

富士登山われは思はずフロオラの大渦圜《かく》む富士怖ろしき

わが庭のフロオラ地獄十日餘《まり》除草枝刈り怠りしかば
軍手はた枝刈鋏攜へて出でしが繁りが中に茫然

諸鳥を囀らしめてむつかしき葉叢《はむら》まぶしみ首痛くをる

鏡花作『草迷宮』のつづきにし在れば宜《うべ》わが庭の狼藉

烈日の庭にしあればフロオラの海に溺るる蟲けらわれも

をみなによりて

永遠に女性なるもの、われらを引きて行かしむ。

——J・W・フォン・ゲエテ　森鷗外譯

夜のくだちアフリカ思へばくろぐろと顯《た》つ嶺も野も母なる始原《はじめ》

アフリカはゆかしうるはしその闇の抱くぬばたまのアフリカびとも

アフリカをいまだ得踏まず大母《たいぼ》なるミトコンドリア・イヴ生みし地《つち》

アフリカは大いなる闇女《をみな》生《あ》れ女ゆ男《をとこ》生れけむ未明《まだき》

たらちねのアフリカ後に行き別れ散りにし裔《すゑ》のひとりかわれも

現《うつ》し人半《なか》らは男なることの不可思議思へ朝のまだきに

男らを缺くともいのちつづかむといふ學說に頷く深く

女エワ男アダムの肋より生《な》されしとなす傳へ倒立

婦人・女性《によしやう》・frau《フラウ》・woman《ウーマン》はたfemme《ファム》と名は變はれ吾《あ》を哺《はごく》みし者

男われ女によりて生み成され哺まれこし老いづくいまも

哺みの恩《めぐ》みを忘れしばしばも男《を》は女《め》を輕《かろ》み殺《あや》めこしもの

母奸《たは》けそれより早く母殺し歌ひ浄めぬギリシア悲劇は

アイスキュロス「オレステイア三部作」

母性より女性を生きて夫《つま》殺め子に刃向けらるそれもたらちね

クリュタイムネストラ

殺さむと迫るわが子に雙乳房はだけ眞向かふそもたらちねぞ

ルキウス・ドミティウス・アヘノバルブス三七年十二月十五日生

生まれ日をわれと同じく己《し》が母と奸け悔しみ殺させし者

オイディプス母と奸けぬオレステス母を殺しぬネロ兩つ乍ら

われ㝱《いめ》に叉《あざ》はりたればたらちねの母を畏み若くさすらふ

成りあはぬ女をいでて成り餘るわが身醜《みにく》み一生《ひとよ》さすらふ

あな畏《かしこ》やまとをぐなが古語り父《かぞ》を語れど母《いろは》を言はず

さすらへの皇子《みこ》戀多く傳ふるはひとりの母を語らざるゆゑ

ちちのみの父に殺され翼得て飛びか到りし妣《はは》が常世に

女より生まれ娶らず子を成さず人類史の外《と》ただよふわれか

ただよへるわれをあはれと羽ごくみの翳《かざ》賜《た》りし女人幾許《ここだく》

ただよひのままに讃へむ数ならぬわれを恩みし女人たれかれ

「十番目の詩女神」サッポオ　アイオリス名プサップファ

讃へなむ女人の中に遠つ世の夕星《ゆふづつ》のひとプサップファあり

サッポオが呼びかへす共髮《むた》白き永遠《とは》の幼な子來もそはわれを

うつそみの葛原妙子うしなへどその歌の闇白晝《まひる》深しも

あしひきの山中智恵子亡せてよりけ遠くなりぬ伊勢の白子も

むらさきの藤井常世を送ればぞとほつくに黄泉遠くもあらず

たまくしげアフリカ女頭《づ》に運ぶ水ひたひたにこの年も逝く

待たな終末

見つかったぞ！
はて何が。永遠が。

——A・ランボオ「錯亂Ⅱ」秋山晴夫譯

たとへば君晨《あした》起きいで窗掛を引けば世界は終りてゐずや

あな世界終んぬとこそ立ちつくす身はすでにして鹽の柱か

いとせめて日《ひ》一《ひと》日《ひ》夜《よ》一《ひと》夜《よ》あれ吾《あ》と汝《な》一つになりて消《け》ぬべく

吾汝《あな》消えば誰記憶せむその誰もかの誰もなべてなべて消失《けう》せば

記憶われ記憶なんぢと行き違《たが》ふ記憶の市《まち》の誰《た》そ彼《がれ》もなく

終末をむしろ嘉《よみ》せむ吾と汝との差別の因も果も消失《けう》すれば

世の終り呼ばはる聲す二千年前ユダヤの曠野《あらの》より

一億の人疎ら棲むこの星に終末を説くこゝろ如何なりし

世の終り來らむといふに驚きし一億のうちそも幾人《いくたり》ぞ

この星の一億の人増えに殖え七十億になんぬ二千年

「産めよ殖えよ地に満てよ」言《こと》の随《まにま》ひたすら殖えし異類われらぞ

産めよ殖えよ地に滿てよとは知られざる如何なる暗き意志の咒言《じゆごん》か

過去死にし人總てより現在《いま》生くる人多しとぞ懼れざらめや

百億に垂んとする異類われら食ひつくし飲みつくし地をば盡すか

西暦三千年ありや恐らく非ざらむ二千百年そもおぼつかな

終末が射程に入りし初めての新世紀とぞ祝《ほ》がざらめやも

新世紀第一年に九《く》・一一《いちいち》　一一《じふいち》年に三《さん》・一一《いちいち》あり

九・一一なかば忘れぬ三・一一そも忘れむぞ忘れたければ

過去忘れ未來思はずひたすらに現在《いま》娯しまむ誰憚らず

終末の豫感そもまた娯しまな刹那の慾の鋭《と》き媚藥とし

終末へ劫火《ごふくわ》へとこそひた急げ　高速道も　車も　人も

人　車　高速道路　ことごとく呑まるる先は炎《ほのほ》立《だ》つ零《ゼロ》

炎立つ零通過して出でむ先　新しきbig bangと呼ばむか

質量零《ゼロ》・無限大をば繰返す膨張・縮小宇宙のわれら

本質は無といふ暗黒物質の闇分有しわれら無の子ら

無の子われら向きあひ刃《やいば》閃かす無の血滴《しただ》るbeefsteak

無の子われら手抱《たただ》きまながり捏《こ》ねまはす臭ひ耐へがたき體液の無を

終末はそも何處より無の子なるわれらが裡の深き淵より

無に據れるわれらが兄のひとり見し永遠《とは》　終末にさね外《ほか》ならじ

なほ二三果たすべき些事そを果たし安らかにこそ待たな終末

*

いかにか思はむ

聖餐といふ畫題ありパンと酒と干魚《ひを》を圍《かく》める寒き顔がほ

師を圍む弟子十二人どの顔をユダと指すとも誤りならじ

三たび否み三たび鶏《とり》鳴き大泣きに泣きしとふ豈《あに》ペテロのみかは

イエスの短き旅を嗣ぐべくぞ使徒十二人旅長かりし

己より輝ける者石打てる手・手・手・手のうちサウロの右手

「サウロよサウロよ何すれぞ我を虐《しへた》ぐる」聲若かりきサウロよりけに

殺害者サウロを途《みち》に呼び止めしころ殺されし者の血のこゑ

パウロ　イエスに齢《よはひ》近けば思はずも妬心湧くことなかりしや否や

選ばれし喜びよりも途惑ひに生きにけむサウロ改めパウロ

使徒のすゑフランシスク・シャビエルにさへ棄てられし醜《しこ》の島國

自らをかくれいと稱へきりしとに戻るを拒む切支丹のすゑ

きりしとに戻るを拒む悲しみをぜすす見そなはせずんばあらじ

意志ならず神とせられしナザレびとイエスの孤獨二千年を經つ

一億が七十億となり果てし人史二千年いかにか思《も》はむ

一億の一人か非ず七十億の一人のわれやひとりもの食ふ

口に匙はこぶをやめず沖を見る人體いかに悲しかるらむ

時じくに食ひ時じくに肥りゆく悲の人體を見たりうつつに

悲しみは雲の如くに肥りゆきなほ食ひやまず日も蝕《かげ》るまで

細胞はかなしからずやふくだめばふくだまふべみ飽食を強《し》ふ

この星の人のおほよそ飢ゑたるを食ひやまず肥りやまずこの人

あづさゆみ春は限りにうち霞み生きとし生けるいのち苦しむ

蛆たかり蝕む厭ひ燃ゆる火の食《は》むに委すか火葬《はふぶ》りとは

火は盲《めしひ》聾《みみしひ》もはら舌をもて舐めつくす腐《くた》りやすきししむら

湧きそめし白き蛆をもたちまちに炎となせり火の分かれ舌

火の圍む時新《にひ》ぼとけ立ちあがり喚《おら》ぶありとぞ遠き世ならず

はふり火のもなか直立《すぐだ》つ屍《かばね》をば棒もて斃《たふ》す掟ありけり

化物め化物めとぞ打ち打てば泣き叫び崩《く》ゆ火をまとふ骨

生きたくは誰《た》その胎借《はら》り生まれこよ死にしまま生き還るは潰れ

審判の日に立ちあがるあやつりの絲の繫げし骨のつらなり

冥王星惑星群ゆ追ひ放ち惑星地球いよよ冥《くら》しも

風出づらしも

大年の大き沒《い》りつ日瞻《まも》らむと人立ちこぞる濱も狹《せ》きまで

夕《よひ》ごとの渚歩《あり》きに出でしまま沒りつ日瞻るひとりとなりぬ

思ふことおのがじしなれ瞻る日の一つに沒りぬ波の涯《はて》の山

西の涯おぼめきし不二沒りし日の殘る明りにくろぐろと顯《た》つ

つごもりとみそかたまさか重なりし大き夕《ゆふべ》を潮引きに引く

かの巨き海嘯《つなみ》の時に潮引くや三日《みか》を返らずありし思ほゆ

いまここを海嘯襲はば憧憬《あくがれ》と恐怖《おそれ》のうちにわれら呑まれむ

世の終りいかにかあらむ海や空燃え冷えをらむいまをさながら

世の終り見ゆる世紀に終りより逆算《さかゆびをり》に生きむわれらか

世の終り見ゆる時代《ときよ》に盛年《さだ》生きむ若き君らをわがいかにせむ

世の終り迫るこの世に生まれこし幼なはもはら愛《うるは》しみせよ

世の終り未《いま》だしとせば世の人のひとりひとりの終りいかにぞ

一とせの大き夕に顧みる送りし靈《たま》のなんぞ多かる

この年に逝きし親しき数ふれば指《および》を盡し趾《あゆび》に至る

若き日の友垣毀ち喪ふはあひともにせし時しうしなふ

われよりも若き友らを先立たせわが老い先の日向翳さす

年の夜の大き旦《あした》に移らむとする裏山は風出づらしも

風出でむ裏山を背に鎌倉や八幡《やはた》の神の杜《もり》こころざす

もののふの八幡の神に祈《の》みまくは四方の火ばしら勿《な》立たさせそね

やはた神詣でしのちは實朝の大臣《おとど》と母儀《もぎ》の奥津城どころ

二人子の酷き死ののち長く生きし政子の胸裡《むなち》測りがたしも

もののふの血もて血灌《そそ》く百とせの遠とどろきと山はとよもす

歸り來ていざ去年《こぞ》の人われは寝む今年の人とよみがへるべく

風荒るる年の未明《まだき》を闇凝りしけもののごとく眠りに落つも

寝《い》も見ずわが寝ね落つる時の間も遠《をち》の巷は火の柱立て

一とせの大き旦を遅く覺め裏山に入る習ひ十かへり

裏山の二つ古墳《ふるつか》訪ねむとわが入りゆくを鳥ら警《いまし》む

古墳に眠る靈《たま》らもあらたまの年の旦は出でて遊べる

山棲みの魑魅《こだますだま》とたはぶるる密《みそ》かうたげを人は怪しめ

新《にひ》どしの長き夕を紙のべし几《つくゑ》に對ひむなしくぞをる

光散乱

はべる　まひはやせ　はぶも　はひいでれ　はえや　はなちらし　はなり　まはる＊

八重山といふ島なけれ八重山諸島《やひまじま》ひとつの島にわが機降り立つ

窓の外《と》は神神の海　海の上《へ》に神の島島　うつそみは人

八重山のけふ海開き　朝びらき三月の潮　蠱《まじ》の青玉《サフイール》

神神の清《ちゅ》ら沙濱に人間のペットボトルの寄る朝なさな

勿《な》入りそと立札立てり海に向く御嶽《おん》にして木木繁《しじ》にきらめく

星多《さは》に降りし山口設《ま》けたりし聖所《おん》名付くるに群星《むるぶし》の御嶽

禁足地あるを嘉《よ》みせむわが裡も勿入りその森無かるべからず

いたるところ聖所 on あり旅びとの入るを拒めり潔きかも

禁足の御嶽に立ち入り足跡《あと》絶ちし旅びとにゆめ死後なあらせそ

墓どころ後生《ぐしやう》といへり今生《こんじやう》より訪へば後生の光散亂

島びとの墓の見事は今生につづく後生の彌《いや》長ければ

後生よりかへりみするに今生の家いとなみのいかに暗かる

風かよふ水垂《みだ》り洞《ほこら》に葬《はふ》りたる屍《かばね》腐《くた》るは疾《と》く骨となる

肉《しし》―骨に　骨―水に　水―風に　無に　ただに明るし　後生の時間

八重山《やひま》びと八重洋一郎妻子《めこ》離《ばな》り生まれ島《はなり》に獨り棲み古る

八重洋一郎棲まふ 瓦屋《かはらや》干瀬《ひし》に成る珊瑚石《さんごいし》敷きいしずゑとなす

干瀬に寄る穏《おだ》つねの 波海嘯《つなみ》なし島びとの 半拉《なかばさら》ひしや何時《いつ》

高岳《たかをか》ゆ見はるかせども沙ぐもり 隣《となり》島《はなり》も見えず海《わた》さへ

島内白保に二萬年前の人骨出づと

二萬《ふたよろづ》とせとはげにも長かりし眠りより引き戻されし死者

二萬とせののちをば思ほえば吾《あ》なく汝《なれ》なく人類《ひと》よも非《あら》じ

竹富はにんげんの島　草と木と光と風と瓦屋の村

赤瓦の家あり樹樹と影とあり人を見ずしかも氣配滿ち滿つ

遇ひたるは童《わらは》らばかり父母《かぞいろ》は遠《とほ》父母とみどりにひそむ

島びとの三百に聖森《おん》十か餘か人よりも先づ聖森の息づき

綠濃き聖森の沙踏み石積《つみ》低き結界《ゐび》ゆは入らず入らばわれ死ね

文字知らず結び藁もて覺書《メモ》とせし島の歳月《としつき》十百《ともも》二十百《はたもも》

瓦屋と樹樹の迷路に迷ひたる晝一刻《ひととき》を永遠《とは》と言はずや

一刻はおよそ二時間　二時間の島の永遠《とは》出でもとの雑雑

島唄酒場

搔廻《カチャーシー》しカチャーシーとて搔きなせどおのごろ島も成らずわが裡《うち》

潮漬かるひるぎの森のうち搖るぎ島《はなり》三月雨横ばしる

＊表題後の小字一首は拙作擬琉歌。漢字を當てると「蝶舞ひ囃せ　毒蛇も這ひ出でれ　南風や花散らし　島眞春」。また八重山の發音＝yaimaguchiでは〝pabiru maipāshi habun paidiri paiya panachirashi panari maharu〟。當地の詩人、八重洋一郎さんに教へていただいた。

跋

英詩には十八世紀のジョンソン博士らに貶《へん》せられ、二十世紀のT・S・エリオットらに再評價された、エリザベス朝後期の思想詩人ジョン・ダンに始まる形而上詩派の流れがある。些か衒學的で、表はれたかたちでは機知と畸想を特徴とする、と說明されるが、要するに人間と世界との關はりを知的に捉へようとする、止みがたい心的傾向に發し、そこから結果的に生まれた機知であり畸想でもある、と私などは勝手に考へてゐる。

當然、淵源は古代ギリシアのエンペドクレスやラテンのルクレティウスに遡らうし、中世末期イタリアのダンテ・アリギエリ、近世初頭スペインの十字架の聖ヨハネやルイス・デ・ゴンゴラ、また十九世紀フランスのシャルル・ボオドレエル、ステファヌ・マラルメらを經て、二十世紀英詩のエリオットら以外でも、ドイツ詩のR・M・リルケやゲオルク・トラアクル、フランス詩のポオル・ヴァレリイやサン＝ジョン・ペルスなども、含めていいのではないか。わが國でも新儀達磨歌と譏られた和歌の定家ら、阿蘭陀流と難ぜられた俳諧の談林派ことに芭蕉の尤作《ゆうさく》などは、和製形而上詩と言へば言へようか。前世紀第二次大戰敗戰後、六〇年代から七〇年代にかけて、カトリック詩人の澤村光博や片瀬博子らが日本語による形而上詩を志したが、澤村の死後聞かなくなつて久しい。澤村や片瀬との縁もあり、私などは敢へて言擧げはしないまでも、ひそかにその方向を目指して書いてきた。いはゆる現代詩だけでなく、短歌や俳句でも試みられないか、その中に和歌本來の特質である咒性も籠められないか、と思ひつづけてもきた。

現在の短歌や俳句の主流が日常嘱目にあることを知らないわけではないし、その據つてきたる理由も理解してゐるつもりだ。しかし、すべての短歌・俳句が日常べつたりではさびしからうし、そもそも日常から出發してゐても最終的に日常性を超えてゐなければ、詩歌の名に價しまい。こと短歌に限つても、卓れた作品はたとへば齋藤茂吉や葛原妙子に見るごとく、一見日常嘱目のやうで必ず形而上的傾向を含んでゐるのではないか。

たまたま「短歌研究」誌から三年間八回の連載の依頼を受けたのを幸ひ、日頃溫めてきた形而上短歌への思ひを、たどたどしいながら形にしてみた。その貧しい成果がこの集の中核、「時ぞ來迎ふ」から「待たな終末」までの二百四十首である。先立つ「歌さやぎ立つ」は連載以前に同誌に二度載せた二十首づつ都合四十首から三十首を抽出して、序歌的に置いた。また補遺的に加へた「いかにか思はむ」三十首は「短歌往來」誌掲載三十三首から三首削つたもの、「風出づらしも」「光散亂」六十首は角川書店「短歌」誌掲載三十一首づつから各一首省いたもの。

集全體を讀み返し通奏低音として、自らの老いと死とに重ねての終末意識が散見するかと思ふところから、連載最終回の表題をそのまま集名に流用して、歌集『待たな終末』とした。

二〇一四年黴夏　相州逗子草居にて

著者

初出一覧

歌さやぎ立つ	「短歌研究」二〇〇九年七月号、二〇一一年六月号
時ぞ來迎ふ	「短歌研究」二〇一二年六月号
われには言葉	「短歌研究」二〇一二年九月号
眞夜眠らざれ	「短歌研究」二〇一三年一月号
或は旅びと	「短歌研究」二〇一三年四月号
宙ただよへり	「短歌研究」二〇一三年七月号
フロオラをわれは	「短歌研究」二〇一三年十月号
をみなによりて	「短歌研究」二〇一四年二月号
待たな終末	「短歌研究」二〇一四年五月号
いかにか思はむ	「短歌往來」二〇一一年一月号
風出づらしも	「短歌」（角川書店）二〇一四年二月号
光散亂	「短歌」（角川書店）二〇一〇年七月号

検印
省略

平成二十六年十月二十六日　印刷発行

歌集　待《ま》たな終末《しゅうまつ》

定価　本体三〇〇〇円
（税別）

著　者　高《たか》橋《はし》睦《むつ》郎《を》

装幀者　半澤　潤

発行者　堀山和子

発行所　短歌研究社

郵便番号一一二－〇〇一三
東京都文京区音羽一－一七－一四　音羽YKビル
電話〇三（三九四四）四八二二・四八三三
振替〇〇一九〇－九－二四三七五番

印刷者　豊国印刷
製本者　牧　製　本

ISBN 978-4-86272-418-2 C0092 ¥3000E